Ilse Aichinger wurde am 1. November 1921 mit ihrer Zwillingsschwester Helga in Wien geboren, als Tochter einer Ärztin und eines von Steinmetzen und Seidenwebern abstammenden Lehrers. Volksschule und Gymnasium in Wien. Nach dem Einmarsch Hitlers in Österreich im März 1938 verlor die jüdische Mutter sofort Praxis, Wohnung und ihre Stellung als städtische Ärztin. Die Schwester konnte im August 1939 nach England emigrieren, der Kriegsausbruch verhinderte die geplante Ausreise der restlichen Familie: Die Großmutter und die jüngeren Geschwister der Mutter wurden 1942 deportiert und ermordet. Ilse Aichinger war während des Krieges in Wien dienstverpflichtet; nach Kriegsende Beginn eines Medizinstudiums, das sie 1947 abbricht, um den Roman *Die größere Hoffnung* zu schreiben. Arbeitet im Lektorat des S. Fischer Verlages in Wien und Frankfurt/M., anschließend an der von Inge Scholl geleiteten Ulmer Volkshochschule, wo sie an Vorbereitung und Gründung der »Hochschule für Gestaltung« mitarbeitet. 1952 Preis der Gruppe 47 für die *Spiegelgeschichte*. 1953 Heirat mit Günter Eich, zwei Kinder, Clemens (1954) und Mirjam (1957). Nach einigen Jahren in Oberbayern (Lenggries und Chiemsee) Umzug nach Großgmain bei Salzburg 1963. 1972 starb Günter Eich; 1984 bis 1988 lebte Ilse Aichinger in Frankfurt/M., seit 1988 in Wien. Wichtige Auszeichnungen: Preis der Gruppe 47 (1952), Georg-Trakl-Preis (1979), Petrarca-Preis (1982), Franz-Kafka-Preis (1983), Preis der Weilheimer Schülerjury (1988), Solothurner Literaturpreis (1991), Großer Literaturpreis der Bayerischen Akademie (1991).

Der Herausgeber *Richard Reichensperger*, geboren 1961 in Salzburg; Dr. jur. (1984), anschließend Studium der Germanistik, Philosophie, Theologie in Bonn und Salzburg; Dissertation über Robert Musil. Lebt als Journalist und Literaturwissenschaftler in Wien.

Ilse Aichinger
Werke

Taschenbuchausgabe
in acht Bänden
Herausgegeben von
Richard Reichensperger

Die größere Hoffnung
Der Gefesselte
Eliza Eliza
Schlechte Wörter
Kleist, Moos, Fasane
Auckland
Zu keiner Stunde
Verschenkter Rat

Ilse Aichinger
Verschenkter Rat
Gedichte

Fischer
Taschenbuch
Verlag

Veröffentlicht im Fischer Taschenbuch Verlag GmbH,
Frankfurt am Main, November 1991

Lizenzausgabe mit freundlicher Genehmigung
des S. Fischer Verlags GmbH, Frankfurt am Main

Umschlaggestaltung: Büro Aicher, Rotis
Satz: Fotosatz Otto Gutfreund, Darmstadt
Druck und Bindung: Clausen & Bosse, Leck
Printed in Germany
ISBN 3-596-11048-3

Inhalt

Gebirgsrand

Denn was täte ich,
wenn die Jäger nicht wären,
    meine Träume,
die am Morgen
auf der Rückseite der Gebirge
niedersteigen, im Schatten.

Winterantwort

Die Welt ist aus dem Stoff,
der Betrachtung verlangt:
keine Augen mehr,
um die weißen Wiesen zu sehen,
keine Ohren, um im Geäst
das Schwirren der Vögel zu hören.
Großmutter, wo sind deine Lippen hin,
um die Gräser zu schmecken,
und wer riecht uns den Himmel zu Ende,
wessen Wangen reiben sich heute
noch wund an den Mauern im Dorf?
Ist es nicht ein finsterer Wald,
in den wir gerieten?
Nein, Großmutter, er ist nicht finster,
ich weiß es, ich wohnte lang
bei den Kindern am Rande,
und es ist auch kein Wald.

Sonntagvormittag

Gott zu lieben,
ihn anzubeten
und ihm allein zu dienen.
Rastend
auf dem Weg zu den Höfen
zur bestimmten Stunde
aus der Ferne gesehen
über dem Schnee.

Marianne

Es tröstet mich,
daß in den goldenen Nächten
ein Kind schläft.
Daß sein Atem neben der Schmiede geht
und seine Sonne
schon früh
mit Hahn und Hennen
über das nasse Gras steigt.

Außer Landes

Bücher aus fremden Büchereien,
die erstarkten Tauben.
Käme es auf die Orte an,
die wir zu verlassen
im Stand sind,
mit ihrem Himbeergesträuch,
den Tüchern,
die sich schon im Winde falten,
sie wechseln still hinter uns,
während wir bleiben,
auf den warmen Rücken
der Gärten, steinern
oder aus Sand.

Widmung

Ich schreibe euch keine Briefe,
aber es wäre mir leicht, mit euch zu
    sterben.
Wir ließen uns sacht die Monde hinunter
und läge die erste Rast noch bei den
    wollenen Herzen,
die zweite fände uns schon mit Wölfen
    und Himbeergrün
und dem nichts lindernden Feuer, die
    dritte, da wär ich
durch das fallende dünne Gewölk mit
    seinen spärlichen Moosen
und das arme Gewimmel der Sterne, das
    wir so leicht überschritten,
in eurem Himmel bei euch.

Mägdemangel

Wer bleibt den Felsen auf der Spur,
wer säumt die Gräser,
wer riegelt uns die Plätze
jenseits der Straßen ab?
Die mit den Löffeln aßen,
haben in den Schuhen
die Steine mitgenommen
und sind lange fort.
Wer hilft uns noch,
wer läßt der Sonne jetzt
ihr leichtes Spiel?
Sind wir von Baum zu Baum
allein geblieben
oder bewegen sich die Schatten,
diese Tröster, aus ihren Netzen
bald herab zu uns?

Die trüben Stunden nutzend

Laß das Gelichter
auf den Feldern rasten,
im Dunst, der aufsteigt,
denn nichts leuchtet dir.
Die Grottenbahnen auf den Hügeln
sind jetzt geschlossen,
die Rüben lange aus der Erde,
die Kinder fort.
Die Blumenflechter sind die letzten,
die noch blieben,
sie brennen Öl,
mit ihnen läßt sich reden.

Dorfweg

Die Stare lästern im Herbst
und manchmal höre ich die Türen
    zweimal schlagen,
einmal davon im Traum.

Wer gab uns die Bilder,
die roten Äpfel
im Garten des Kohlenbrenners,
ungereimt, aber gesonnen zu
    unterliegen mit uns.

Briefwechsel

Wenn die Post nachts käme
und der Mond
schöbe die Kränkungen
unter die Tür:
Sie erschienen wie Engel
in ihren weißen Gewändern
und stünden still im Flur.

Rauchenberg

Das Zaumzeug,
Kränze an der Mauer,
die erneuerte Spur der Schatten
reicht mir den Weg.

Wo der Wagen rostet
bei den eingesunkenen Hölzern,
neigen sich meine Lieben
leichter über das Dach.

Spät

Holzfarben
und die Kerze
rostrot im Schatten entzündet,
weht der Wind
durch die Schneise,
lockt sich die Sonne hinweg.

Wenn erst
Backhaus und Scheune
sich nach dem Niedergang strecken,
fängt der Himmel
die Stämme,
rostet der Schnee vor dem Jahr.

Mein Vater

Er saß auf der Bank,
als ich kam.
Der Schnee stieg vom Weg auf.
Er fragte mich nach Laudons Grab,
aber ich wußte es nicht.

So wird niemand wissen
von unseren Atemstößen
als wir über die Brücke liefen,
und was hinter uns liegt,
erfahren sie nicht:
Die schwachen Namenszüge,
die geköpften Sonnen.
Die Vorhallen der Spitäler
sind still.

Bei Linz

Ich mit dem Tag auf den Fersen
und die holprigen Landwege.
Hört das Gerüttel!
Hol mich nicht ein, mein Tag,
aber bleibe mir auf den Fersen.

Teil der Frage

Hoch auf dem Platze steht das Wasser,
die Luft steigt noch in Blasen,
doch was sie singen,
dringt nicht mehr zu mir.
Die Fische kreisen um die Kirchentüren,
wer gibt mir Antwort:
Soll ich in den Berg
oder ins Haus mit denen,
die mich lieben,
und den weiten Blick,
das Knirschen aller Schritte
noch einmal?
Wie schwarz mein Land wird,
nur tief unten krümmt sich
grün die Zeit.

Winterfrüh

Eh die Träume rosten und brechen,
laß die Geliebten drauf hinunterfahren,
die Großen und die Kleinen
in den grauen Mänteln,
schaut her, die helle Bahn, das Eis.

Jüngste Nacht

Denn was sollte ans Licht kommen
als die Schneestreifen,
Schwerter am Rande der Kindheit
und gegen den Wald
die Äste der Apfelbäume,
die der Mond schwarz wusch,
die Hühner, die gezählt sind?

Versuch

Zwischen Leiter und Nordwand,
Besuch am Nachmittag und verworfenem
    Holz,
Apfel- und Schneeresten
ein Verhältnis herzustellen,
das unaufhebbar ist.

Baumzeichnen

*für Eva, Pia, Florian, Julian
und Manuel Aicher*

Hier, jetzt
nehmt diese Zweige
und gebt ihnen recht,
bemalt sie, laßt sie hängen,
spannt sie aus,
laßt auch Mäuse daran
und was euch noch zukommt:
ruhige und zittrige Hände,
Dachse und Sprossen
und die Bitten für die Schwermütigen
eurer Brüder und Schwestern,
weiße und rote Nadeln,
alles so wie es ist
und so wie es nicht ist,
Schnee und Schlemmkreide,
eine Hilfe, aber keine Hilfe,
kein Trost, aber ein Trost.

Spaziergang

Da die Welt aus Entfernungen entsteht,
Treppenhäuser und Moore,
und das Erträgliche sich verdächtig macht,
so laßt es nicht zu,
daß hinter euren Ställen die Elstern
kurz auffliegen und glänzend
in die glänzenden Weiher stürzen,
daß euer Rauch noch steigt
vor den Wäldern,
lieber wollen wir warten,
bis uns die goldenen Füchse
im Schnee erscheinen.

St. Gilgen

Hinwelkend
zeigt die Blüte ihre Linien,
die Maserung des Holzes
verfallener Badehütten,
die Sprünge der Majolika
auf schwachen Borden,
ungesehen,
Radspur der Kurve
und des raschen Abschieds,
Zweigschatten zu der Stunde,
als alle schliefen:
die vergangenen Spiele des Wassers
am Mittag.

Heu,
Heu in den Kinderscheuern,
wo zu verbrennen
oder sich für immer zu verlieren
gleich leicht ist.
Gebündeltes Heu,
Heu auf den Feldern,
Heu als die bei der tödlichen Vielfalt
der Möglichkeiten gerade so
zueinander gegebenen Buchstaben,
diese Richtung,
aber keine andere.
Heu, das im Wind fliegt,
auf den dürren Stoppeln bleibt,
für immer von den anderen getrennt,
das den Schnee erwartet,
der ihm den Himmel nehmen wird,
sein unbewegtes, mattes Ebenbild.
Die Gewißheit, daß es keinen Trost gibt,
aber den Jubel,
Heu, Schnee und Ende.

Kartenspiel

Die schwarzen Winkel vergessend,
Gesichter
und das Gold unter der Mauer,
wir lassen alles dahin,
die Schaukel mit den Eisenmännern,
die Muster, die uns blind machten,
und unter der Küchenbank
ein Nashorn, vom Lichte erwärmt.

Bobingers Klage

Meine Freunde sind ausgegeben,
zwischen den Blättern und Ästen
verlor ich sie.
Wer löst mir das Bild,
wer holt ihre leichten Gestalten
neu aus dem Regen hervor,
wer fängt ihnen Wolkenhauben,
wer dreht mir die Sonnenuhr?

Attersee

Zeichnung der im Tiefen verstorbenen
Fische,
um zwölf auf die weiße Mauer geworfen,
um zwölf von der weißen Mauer
genommen,
vom Mesner, der kam, um die Türen zu
schließen.
Niemand hat sie gesehen.

Breitbrunn

Es neigen sich
die Tage der Kindheit
den späten Tagen zu.
Und fragst du nach der Heimat,
so sagen alle, die blieben:
Das Gras ist gewachsen.
Aber nichts davon,
daß die gewundenen Wege
die Hügel hinab
aufstanden und seufzten.
Ehe sie sterben,
ziehen die Pfarrer
in andere Dörfer.

Winteranfang

Im Fach liegt nichts mehr,
die Soldaten, die um Mittag starben,
schlafen leichter unter dem Glas.
Die Windrichtungen sind schuld,
daß die Gräser sich einzogen
und dürr wurden,
daß die Rahmen paßten,
die beschlossenen Herbste.
Wo flog mein Drachen hin, wie rasch,
wie kam es, sank er
orangenrot, um sich zur Ruh zu betten,
an euer Haus?

Selbstgebaut

Ich will meine Dörfer
ohne Worte lassen
und nur den Schnee
durchschwingen
und offen gegen die Zäune.
Von der Höhe meiner Speicher
will ich die Jaguare betrachten,
die Wölfe pfeifen hören.
Die Sonne sprang hier fort,
aber den Kindern
wird bei ihrer Ernte
von Löwenzähnen geholfen,
Platz für den König!

Anweisung

Die Wünsche nehmen,
an den Rändern
die Erde in Wachs hüllen,
Wälle formen,
fortblättern.
Und mit den hohlen Rosen,
meinen manche,
sind neue Helfer da,
Helden, Beschwerdeführer,
Kapreiter.
Freunde, heißt es.

Auf Sicht

Es liegt alles offen,
die Gehäuse der Rabbiner
und die Bienenhäuser,
in Schreinen die Zielschiffe,
die beharrlich sind,
die sich die Küsten entgehen lassen,
Höhlen und rissige Tiere.
Dir zittern die Knie,
Jonathan, wenn du springst
und dich vorwagst,
aber spring, dich behalten sie leicht,
steck Veilchen ins Knopfloch,
die Zimmerleute sind schutzlos
in jedem Stein.

Mir

Ich wollte von dem langen Wohnen
berichten,
von den Kegelspielen mit den roten
Hölzern
auf der Terrasse, von den Blicken hinaus.
Ich wollte die Rufe der Männer auf dem
Eis
genau wiederholen, wie die Hölzer auch
schlugen,
die Fensterblumen wollt ich beschreiben,
wie sie zur Sonne wuchsen.
Was tat ich?

Zwei Orte, zusammengelegt

Woran soll ich die Tage erkennen?
An den grünen Bischofsgewändern,
den Besuchen der Heiligen
und an der kurzen Ruh?

Wo das Gras gebacken wird,
rosten die Schläfer
in den finsteren Bäckerstuben.
Wer bewahrt meinen Himmel
für mich?

Winterrichtung

Ich lasse mich
von den Jagdhörnern
aus meinen Schlupfwinkeln jagen,
hin zu der Morgenröte
unterm Schnee,
zum vergilbenden Gras.

Mit meinen Händen
erreich ich
schon die Gelübde der Alten,
die mich rasch aufwärts ziehen,
hol mir
den winkligen Mond.

Winter, gemalt

Und in den weißen Röcken
im Schnee die Österreicher.
Laß uns aufschauen
und ihre Spuren
im Finkenschlag finden,
in den Gebirgsspitzen.
Grün dämmert schon
die Ölbergfarbe
von den Wänden,
die wispernden Scheunendächer.
So leicht wie heute
wechseln die Schatten nie mehr.

Leichte Wahl

Ich höre die Stimmen,
die Robinson Crusoe vorlesen,
die sich mit den Wänden begnügen,
die die Trauer erwählen,
die himmlische Magd.
Ich versenke mich in die Blicke,
die von Staub schon bedeckt sind
und die mich leicht überschauen
mit dem Schlag eines Lids.

Unsere Frau
gehört zum Klageverein,
sie fährt mit dem Rad zur Scheune,
beklagt die Lebenden.
Die Butterblumen leuchten ihr, der Bach,
wenn sie die Augen schließt,
fliegt rot der Steinbruch vorbei.

Ortsanfang

Ich trau dem Frieden nicht,
den Nachbarn, den Rosenhecken,
dem geflüsterten Wort.
Ich hörte,
daß sie die Häute an die Schlinge legen,
daß sie die Bänke kippen vor dem Winter,
ihre Jauchzer flogen
zum Schlaf gerüstet
durch Schul- und Kirchenhäuser
auf und fort.
Wer erwartet noch die Vögel,
die bleiben,
den Rauch übers kurze Gras?

Ortsende

Das Dorf streicht weg,
gebt ihm den Abschied,
ermattet und zergraben
laßt es liegen,
so, bleischwer,
die Traufen offen, trocken,
von der Sonne festgerammt,
nichts hoch am Himmel,
die letzte Schabe,
die vor der Sintflut
ohne Noah Rettung fand,
kriecht in den Tümpel,
der neue Zöllner lacht.

Florestan

Jetzt will ich dich,
mein Bruder,
in den Gängen fangen
und unter den Schnee
treiben.
Die Übergänge
will ich dir zeigen
und die Stätten,
um kurz zu rasten.
Ich will dich
von den hellen Plätzen
verscheuchen,
daß du weit auffliegst
und dich zu mir
fort begibst,
unserem Kranz
zur Nacht.

Königsreim

Wir kommen aus dem Morgenland,
die Bischofsmütze hat
Platanengärten rasch ins Bild gerufen,
die Sonne hat uns schwarz gebrannt,
und ausgestreckt zwischen den Fässern
und dem Lande Krain,
Görz und Gradiska,
auch die weißen Schaukeln,
wir heißen Mohren,
denn Kärnten ging verloren,
Herr Meister, gebt uns Arbeit dann,
Herr Meister, wie heißt Ihr?

Lesen

Der Lesestoff ist grün,
fällt ein durch quadratische Fenster,
bleibt auf dem Fliesenstein
im Vorflur liegen,
weit von den Rhododendren,
erst Nachmittag.

Lourdes kommt herunter,
ein armes Mädchen,
und läßt von neuem
die blauen Berge sein
und sammelt Reisig
in ihre finstere Mütze
und holt weit aus,
fängt Schafe und fängt Wasser
und streift an euren blinden Hecken
allein vorbei.

Hochzeitszug

Wir kamen zum Baum von Holnis
und fanden darunter
viel samtene Kinder,
die schliefen
und hatten die Augen
weit offen im Traum,
es glänzten im Heu die Kirschen
zwischen den Scheunentüren,
das blaue Gekräusel,
alte Wagenräder,
noch Schatten entfernten Jubels,
längst landeinwärts gerollt,
wer sagte, zur See?

Dreizehn Jahre

Das Laubhüttenfest ist weit,
der Glanz der Kastanien,
aufgereiht am Fenster des Gartenhauses.
Und noch im Raum
die Kerze,
die Religionen der Welt.

Der Wüstenstaub unter dem Fahrrad-
schlauch.
Nach diesem Mittag
kommt die Dämmerung schneller.
Die Gefährten
und ein grünes Grab,
Rajissa.

Wir kommen abends wieder,
wir kommen nimmermehr.

Gonzagagasse

Die Flammen aus den Speichern hat der
 Himmel genährt,
er zog sie auf, er lehrte sie brennen, er
 begeisterte sie
an den Pfeilerhölzern der Brücken.
Unterdessen zogen die Salzschiffe gleich-
 mütig vorbei,
Maut wurde eingehoben, Zoll bezahlt,
die Tauben nahmen zu.
Vor der Schusterwerkstatt gedieh das
 Tempelhüpfen.
Dort sprangen sie, in dunkle Mäntel
 gehüllt,
weil die Frühlingsabende kühl sind, von
 Feld zu Feld
dem Stein nach bis unter den Kreide-
 bogen.

Ohne Jahre

Der Philippshof, Zweige,
Staub, weil es Sommer war,
und Mut.
Was bleibt, gibt zu denken,
und was nicht bleibt,
dasselbe noch einmal,
Rosmarin hat eine Farbe
und hat sie doch.
Die Köpfe rund, eckig, glatt
und anders
oder ist das kein Wort,
um die Welt zu bezeichnen,
die Himmelsränder über den Rampen?
Freude ist eins
und ist es wieder
und wird es noch einmal sein
in den Dörfern,
die das Einverständnis
bei sich hält,
mit ihren Glasfischen,
Wald, der sich herabschwingt,
Landungsstellen aus Zweigen,
Stürmen und Mut.

Befehl des Baumeisters beim Bau der Prinz-Eugen-Straße

Gleich zu Beginn
ein breiter Streifen Wind,
an seinem Rande pflanzt den Essigbaum,
vergeßt die Tauben nicht
und bald, ich schwör es,
geht der Staub
an euren Träumen hoch.
Wenn diese Wolken
sich zu den helleren am Himmel schlagen,
kennt ihr das Muster,
findet ihr den Plan.

Triest

Ich sah in den Blätterschatten
den Umriß geharnischter Länder,
aus der Sonne kamen
die vielen Vögel zu mir,
sie lehrten mich
die Künste des Maschenbindens
überm gefalteten Meer
und einer von ihnen ließ sich
auf meinen Rippen nieder
und besprach mich
und vor den Taubengrotten
auch meinen Stern.

Wunsch

Von den verkürzten Aufenthalten
das Schweigen zu erlernen,
von den dunklen Hölzern,
den ungenützten Zwischenräumen,
von den Mädchen in ihren weißen
Kleidern,
Säulen aus Staub, die Tempel tragen,
den Türen im zitternden Spiegel.

Meiner Großmutter

Die Doppeltüren
in den Modenapark,
die Frage
nach dem Ursprung,
nach den Religionen,
die Salesianergasse,
die Frau Major Schultz,
die Excellenz Zwitkowitsch,
das Erschrecken,
die Demut,
die Abhängigkeit,
das Fräulein Belmont,
die Zuflucht,
der fremde Flur,
das Tor,
das aufspringt,
der tolle Hund,
erschrick nicht,
er ist weiß,
noch klein
und läuft vorbei.

Mittlerer Wahrspruch

Und wenn man in die Türkei fährt,
sagt meine Großmutter,
und dort stirbt,
wird man also
auf einem türkischen Friedhof
begraben.

Durch und durch

Wir sind alle
nur für kurz hier eingefädelt,
aber das Öhr
hält man uns seither fern,
uns Kamelen.

Zeitrechnen

Es ist zwölf geworden,
zwölf mit dem Bild des Bildes
    an der Wand,
mit den vereisten Sprüngen.
Es wird noch mehr werden als zwölf,
wenn es auch mehr als zwölf
so nicht mehr werden kann.
Es wird dann eins.

Abgezählt

Der Tag, an dem du
ohne Schuhe ins Eis kamst,
der Tag, an dem
die beiden Kälber
zum Schlachten getrieben wurden,
der Tag, an dem ich
mir das linke Auge durchschoß,
aber nicht mehr,
der Tag, an dem
in der Fleischerzeitung stand,
das Leben geht weiter,
der Tag, an dem es weiterging.

Nachruf

Gib mir den Mantel, Martin,
aber geh erst vom Sattel
und laß dein Schwert, wo es ist,
gib mir den ganzen.

Zuspruch an einen Mann, der dreiundzwanzig Jahre im Bett blieb und dann aufstand

Die Sekunden
am Bettrand entlang
freue dich,
so freu dich doch,
sage ich dir,
im Namen der Stadt
Newcastle upon Tyne,
der Schafschur,
die du so beherzt
mit ansahst,
der neuen Zucht,
die dich den Schweinen
überlegen macht,
noch überlegener,
der hübschen Pfiffe
aus Schottland,
hin und her,
steh nicht versteint
im Morgen,
freue dich.

Seitlicher Durchblick

Nichts weiter,
Flutlicht
auf die Pelzerhaltungsstätten,
die gebrannten Gladiolen,
die Gesellenlampen.
Wir sind
von den hellen Niederländern
gut behütet,
wir tragen Sporen
an den hohen Hacken,
den Schnee zur Luchskapelle
und Zierat, grün, verbrochen,
weiter nichts.

Verlorenes Manöver

Es stand schon weiß,
die Häuser lockten
Schrecken aus der Zukunft,
Baltimore war weit
mit allem andern,
Orion und dem Gras.
Aus welcher Mitte
nahmen wir den Anfang,
stahlen uns davon
und rissen Lücken,
nur um zu heißen,
wie wir uns gerne nannten,
blau oder anders,
schworen ab und zu
Gehege in den Fall
und ließen sie mit stürzen,
holten sie mit uns ein?
Jetzt spiegeln sie,
sie alle, auch die geretteten
Flügel, Flüge, Verhinderungen
und es steht weiß.

Das Geburtshaus

für Monika Schoeller

Vielleicht
aus der Sicht der Weingärten,
wo die Großmut wächst.
Die Auffindung der Salesianergassen,
die aus den Hecken springen,
immer neue Funde,
unaufgebbar die Erwartung
des Unvermuteten,
das Absehen des Unabsehbaren,
Hingabe, Verhülltheit, Tat.

Ich frage mich:
weshalb freust du dich auf Namen,
Gaspard, Leberecht, Sonnenrand?
Und gebe mir zur Antwort:
weil sie ausbleiben könnten,
ohne daß ich dir erlauben würde,
zu trauern.

März

Die grauen Kühe trotten
über die Dächer abwärts,
mit den Gräbern halten
die Baumschatten Schritt,
die zerfetzten Sonnenspuren.
Die Frauen an den Fenstern
geben ein,
es regnet jetzt bald,
unser Einverständnis
ist immer vorausgesetzt.

Märzwunsch an den Garten

Bleib ein Panther,
Schwärzling,
gefleckt und hungrig
auf Osterdienstage,
Regenstränge,
Rosenkranzgesetze,
auch auf solche,
die nachlassen,
auf die verworfenen Gewinne
aus Kinderlotterien,
den Inhalt
süßer, inhaltsloser Episteln,
bleib so,
naß und zornig,
wie du jetzt bist,
bereit,
von den ersten Kätzchen
bis zum Wetzstein
und zur langen Grenze
alle
und mit allen Unterschieden
zu verschlingen,
bleib so,
bleib hungrig
auf uns.

Danach

Hinausgehen
auf den Flecken,
der still ist,
unter die Sonne,
die heute
das Lärmen läßt,
das alte Geprahle.
Herausfinden,
jetzt herausfinden,
wo die hinrannten,
die hier
verwegen und leise waren,
in welchen Gestalten,
Chören, Verfänglichkeiten
sie unauffindbar sind.

Chinesischer Abschied

Wir legen uns heute nieder,
doppelt nieder,
wer uns wecken will,
möge es sanft tun,
er möge seine Stimme schonen
und auch sein Herz,
denn beide sind kostbar.

Alter Blick

Ich habe mich gewöhnt an dieses Fenster
und daß der Schnee durch meine Augen
    fällt,
aber wer ist den Verlorenen nachgegangen
durch das offene Gartentor,
wer besiegelte, was da war,
die Regentonne
und den Mond als Mond,
alle gefrorenen Gräser?
Wer schaukelte vor dem Morgen,
daß die Stricke krachten,
wer legt die Wachshand
auf das Küchenfenster,
ließ sich im Weißen nieder
und nahm mich selber auf?

Restlos

Die Jungen mit den Totenscheinen
sind verschwunden.
Sie sind auf den gewesenen Pferden
rasch aus den Basaren geritten.
Sie sind fort.

Uns bleibt zu bedenken:
die List der Saurier
und wie sie kleiner wurden
bis zu unserem Maße,
die Spuren der Verwerfung
und ihr blankes Ende,
Hilfe und Hinweis
und ihr Untergang.

Ausgedacht

Wenn die Foltern gebündelt sind,
geh ich nach Bayonne
und schieb mich durch die Gitter,
die ich meine,
und hör den Gips dort knistern,
den ich wollte,
wie ich wollte,
ohne ihn zu streicheln
und solang ich will.

Wenn aber das Gericht tagt,
werde ich weit von Bayonne sein,
weit von den bonnes vacances,
ob sie mich finden?

Schneeleute

Ich mische mich nicht leicht
unter die Fremden aus Schnee
mit Kohlen, Rüben, Hölzern,
ich rühre sie nicht an,
solang sie heiter prangen,
manche mit mehr Gesichtern
als mit einem.
Wenn dann die Kohlen
und die Rüben fallen,
Knöpfe, Knopfleisten,
die roten Lippenbänder,
seh ich es steif mit an
und ohne Laut,
ich eile nicht zu Hilfe.
Vielleicht sprechen sie
das Mailändische
schöner als ich,
es soll nicht ans Licht kommen.
Und darum Stille,
bis dieses Licht sie leicht
genommen hat
mit allem, was sich da
zwischen mailändisch
und mailändisch verbirgt,
dann auch mit mir.

In welchen Namen

Der Name Alissa,
der Name Inverness,
wann und
von welchen Wüstenrändern
hergetragen,
durch welche Orden,
Mönchsorden, Schwesternorden,
längs oder quer
und wohin, wohin nicht,
wie haltbar,
wie verschwenderisch
mit Mauerringen,
unter Wintersonnen
in aufgerissene Gräben,
Wälle, Wiegen
mit Feuern, Ringellocken,
ach Namen, Namen,
wenigstens auf euch beide
bin ich ungetauft
und bin nicht schuld.

Fahndungsbild

Moby Dick:
Der Rabbiner Fingerhut
ist ertrunken,
er ist gestorben,
tot.
Er war gelbäugig,
mit einem großen Mund,
und die schwarzen Insignien
saßen dicht auf ihm.
Moby Dick:
Der Rabbiner Fingerhut,
sag es auch Ahab
und den andern,
den Steuerleuten
und den Harpunieren,
und sag es ihnen schnell.
Gib es weiter,
erinnere dich.

Kein Lasso
von den Falaises
nach Millhill geworfen,
keine Verbindung erwirkt
zwischen den segelnden
    Napoleonsverehrern,
sie warten noch immer,
keinen zur Tollheit bewogen,
die ihm zustand,
mit keinem
den alten Weg über die Kliffs
in den Himmel gefahren,
auch die Gemeinde der Flaubertisten
noch immer nicht endgültig
zu unterstützen bereit gewesen,
kein Leuchtzeichen entdeckt
zwischen mir und mir selber,
nur eines auf Befragung zugegeben:
es wird jetzt dunkel.

Ohne Bündel

Erweisen
und in die Erweise fliehen,
steinfolgsam, keine Faust,
die dreinfährt,
und wenn die Alte
sich aufs Haar tritt,
keine Bewegung,
und wenn sie
ihre Lauge trinkt,
nicht hin zu ihr,
nichts nehmen,
flieht weiter,
sterbt nicht,
wenn der Weg auch stirbt
und wenn die Kränze
euch am Ende ohne Ende
an die Schläfen fliegen
und sich auf euren Schädeln
türmen, freut euch,
ihr seid so weit.

Neuer Bund

Die Sonne will vor mir
in meinen Frieden,
springt, drängt, bewegt sich läppisch,
wartet mich nicht ab.
Und darum geh ich fort
aus diesem Frieden,
aus diesem lieben Frieden
in den Schatten
zu meinen lieben Schweinen,
die allein grimmig und gelassen genug
nach dem Gebote
und nach den Geboten
in unserem stumpfen Wasser
zu ersticken wissen,
die keine Sonne einholt
und verdirbt,
die obenauf erst nach dem Ende bleiben.
Meine Könige.

Einunddreißig

Ich lasse mich gerne gehen
und nehm die dreißig Silberlinge mit,
wenn einer sie mir gibt,
mit um den Hals,
sodaß wir schaukeln können,
wir einunddreißig
und daß ich sie noch klirren höre
in ihrem Hanfsack
bis aus der Welt.
Daß ich, wenn mir die Zunge steif wird,
doch noch mit meinen blanken Ohren
die Stimme mitbekomme,
die euch gebietet:
Beginnt noch einmal!
Daß ich dann lustig bin.

Auf euch will ich mich versteifen,
wenn der jüngste Richter kommt
und will ihn fragen:
weshalb hast du mich nicht geweckt,
damals im Juli,
wo warst du,
als die beiden Wilden ertranken,
meine Rotfelle und deine,
von denen eines hoffte,
das andere nicht?

Die letzten Nachrichten
aus den Orten
bewegen sich ohne Fleiß,
wo Luft und Taue weiden.
Wer weiß, wer wen verließ?
Eine Stimme liegt auf
und ist zu haben:
wieder und fort.

Tagsüber

Ein ruhiger Junitag
bricht mir die Knochen,
verkehrt mich,
schleudert mich ans Tor,
hängt mir die Nägel an,
die mit den Farben
gelb, weiß und silberweiß,
verfehlt mich nicht,
mit keinem,
läßt nur die Narrenmütze fort,
mein Lieblingsstück,
würgt mich
mit seinen frischen Schlingen
solang bis ich noch atme.
Bleib, lieber Tag.

Zeitlicher Rat

Zum ersten
mußt du glauben,
daß es Tag wird,
wenn die Sonne steigt.
Wenn du es aber nicht glaubst,
sage ja.
Zum zweiten
mußt du glauben
und mit allen deinen Kräften,
daß es Nacht wird,
wenn der Mond aufgeht.
Wenn du es aber nicht glaubst,
sage ja
oder nicke willfährig mit dem Kopf,
das nehmen sie auch.

Möglichkeiten

Daß ich,
wenn ich mit meiner linken Schulter
den Spiegelschrank streife,
einem Meineidigen helfe
wie einem, der stirbt,
daß ein anderer,
einer in der Touraine,
einer im Niedergang,
wenn ich das Licht bei mir ausdrehe,
den nächsten Schritt wieder sieht,
daß ein dritter,
wenn ich zwischen den kranken Stämmen
 bei uns
schlafen gehe,
zwischen ganz anderen
und gesunden Stämmen,
aber mit einem leichten, kräftigen Seil
bei der Hand,
hinaus auf die Wiesen geht.

Findelkind

Dem Schnee untergeschoben,
den Engeln nicht genannt,
kein Erz, kein Schutz,
den Feen nicht vorgewiesen,
in Höhlen nur verborgen
und ihre Zeichen behende
aus den Waldkarten geschafft.
Ein toller Fuchs
beißt es und wärmts,
erweist ihm rasch die ersten Zärtlichkeiten,
bis er sich zitternd und gepeinigt
zum Sterben fortbegibt.
Wer hilft dem Kind?
Die Mütter
mit ihrer alten Angst,
die Jäger
mit den verfälschten Kartenbildern,
die Engel
mit den warmen Flügelfedern,
aber ohne Auftrag?
Kein Laut,
kein Schwingen in der Luft,
kein Tappen auf dem Boden.
Dann komm doch du noch einmal,
alter, toller Helfer,
schleif dich zurück zu ihm,
beiß es, verkratz es,
wärm es, wenn deine Räubertatzen
    noch warm sind,
denn außer dir kommt keiner,
sei gewiß.

Zugehörig

Meine Schwarzen,
die ich weiden sehe,
die für mich davonweiden
ins Holz, in die Algen,
meine Tiere,
die mich hindern
zu bestehen,
die entzwei reiten,
was kommt,
die das kennen,
weil sie meine sind
und sonst nichts.

Verfrüht

Du legst mir keinen Stein hin,
um unsere alte Trauer zu erhöhen,
gibst mir kein Licht zum Fürchten
und keine Furcht, damit es heller wird,
und nicht einmal den Fetzen Schwermut,
den jeder Stern verlangt.
Du treibst um deinen Findling
und ich habe die Wachsfräulein
noch immer nicht gefunden,
die stiller sind
als Jesus in der Krippe,
noch nicht.

Kurzes Schlaflied

Rouen
soll bei dir sein,
der Apfelzucker,
die bessere Sonne
ohne Gewalttat,
es soll bei dir sein
Rouen, Rouen.

Bitte

Vor den zornigen Göttern,
vor dem zornigen Gott
sollst du mich nicht bewahren,
denn ich will nicht aus Angst zu dir.
Die Räder auf dem weißen Berg
    drehen sich,
Homer sackt ein in seiner Ecke,
weck ihn,
weck ihn mir auf
mit deinem letzten Lachen,
daß ich dich höre,
wenn ich in die Räder gehe
und er singt.

An einen 4. März

Nichts fängt sich,
die Küken rennen barfuß im Wind,
die Schuster sind ausgeflogen,
die Pläne gestern und bei Licht
davongekarrt,
Kommt mit auf die lange Wiese
und wer von uns als erster
sieben Schnäbel im Gesicht hat
und die Pest am Hals,
eh wir uns schlafen legen,
wird Sieger.

Lose Sprossen

ein Dank für Heinrich Böll

Ich werfe alle Flinten
ins Korn
und gehe sacht auf ihnen,
daß ich nichts sonst zertrete,
auf dieser stillen Leiter
bewege ich mich fort
zum Feldrand

Erwiderung

In Dehli,
wenn man stirbt,
kann man nicht fallen.
Günter Eich

Dehli
hinter sich lassen,
die Fallsucht
wieder aufnehmen
Dehli
vor sich bringen,
den verkommenen Gruppen der
Reisenden
langsam folgen
und so
die Reise dahingeben,
lautlos und in jedem Fall
und wenn auch nicht mehr
erkennbar

An einen jungen Gerber

Da ist ein Drosselei
und dort ein Sterbezimmer,
die Dinge verhalten sich zueinander
in diesem Maß.
Leb wohl, lustiger Gerber
und Gerberssohn
und Enkel,
leb wohl in deinen Häuten,
bleib frisch darin,
solang du dich nicht fürchtest,
dann geh.

I

Dein erstes Schachbuch,
Ibsens Briefe,
nimms hin,
wenn du kannst,
da, nimm schon
oder willst du lieber
die Blattkehrer
von deiner Wiese treiben
und Ibsens Ziegen
darauf,
gleich weiß, gleich glänzend?
Es gibt Ziegen und es gibt Ibsens Ziegen,
es gibt den Himmel und es gibt eine
spanische Eröffnung.
Hör gut hin, Kleiner,
es gibt Weißblech, sagen sie,
es gibt die Welt,
prüfe, ob sie nicht lügen.

II

Und frag sie,
was der fremde Thorax
im Garten soll,
schon versteinert,
der erste in diesem Frühling
zwischen den Brombeerhecken,
Mäusen
und der Mauer,
an die das Wasser
für uns schlägt,
was er dem Garten nützt.
Ob er ihn nötig hätte,
unseren Garten,
oder der Garten ihn.

III

Und
daß uns etwas zugetragen wurde
von Laufzeiten.
Ob die mit Lauf, mit Läufen zu tun
hätten,
mit Läuften, mit den Zeiten
oder mit nichts davon.

Und hätt ich keine Träume,
so wär ich doch kein anderer,
ich wär derselbe ohne Träume,
wer rief mich heim?

Anhang

Editorische Nachbemerkung

Ilse Aichinger hatte 1978 für ihre Gedichtsammlung *Verschenkter Rat* Gedichte aus mehr als zwei Jahrzehnten nicht chronologisch, sondern nach ihren inneren Bezügen und Verweisen angeordnet. Die Rezensenten waren unter anderem von der Geschlossenheit und der Einheitlichkeit in der Tonlage der über einen so langen Zeitraum hinweg entstandenen Gedichte überrascht (vgl. hier die Rezensionen von Hilde Spiel und Gisela Lindemann in Samuel Mosers Materialienband zu Ilse Aichinger, Frankfurt a. M.: 1990, Fischer Taschenbuch Bd. 6888).

Diese Geschlossenheit ist um so verblüffender, als Ilse Aichingers Prosa sich von *Der Gefesselte* (1953) zu *Eliza Eliza* (1965) und noch einmal zu *Schlechte Wörter* sehr stark wandelt, ebenso wie ihre Sprachbehandlung im Hörspiel, von *Knöpfe* (1953) zu *Gare maritime* (1976).

Der Rang der Gedichtsammlung *Verschenkter Rat* innerhalb der deutschsprachigen Nachkriegslyrik ist unbestritten. Im Anhang der vorliegenden Ausgabe werden die einzelnen Gedichte erstmals genau in ihren Erstdrucken und Entstehungsdaten erfaßt. Dabei kam dem Herausgeber zu Hilfe, daß Ilse Aichinger im Unterschied zur Prosa die meisten ihrer Gedichtmanuskripte datiert hat. Wo dies nicht der Fall war, stehen Gedichte – wie die meisten Prosaarbeiten Ilse Aichingers und Hörspiele Günter Eichs – auf der Rückseite von (datierter) Korrespondenz des »Evangelischen Pressedienstes« (epd), woraus sich ein terminus post quem ergibt.

Die genaue bibliographische Erfassung der Gedichte nimmt aber dem Band nichts von seiner geheimnisvollen Geschlossenheit, im Gegenteil: Es ist verblüffend zu sehen, wie Gedichte offenbar phasenweise heranwachsen, mit zeitlichen Knotenpunkten in der Mitte der fünfziger Jahre und um 1977/1978. Und die Einheitlichkeit des Bandes wird für den Interessierten auch empirisch einsehbar: So wirken etwa die Gedichte *Ortsanfang* und *Ortsende* (Verschenkter Rat [VR] 1978: S. 42/43) in zeitlicher Nähe entstanden – tatsächlich aber stammt das eine aus dem Jahre 1959, *Ortsende* hingegen aus dem Jahr 1977.

Die sorgfältige Komposition des Bandes schafft allerdings ein editorisches Problem: Seit 1978 sind neue Gedichte entstanden, darunter so wichtige wie *Lose Sprossen* und das sich auf Günter Eich beziehende *Erwiderung*. Kann nun in den Band *Verschenkter Rat* überhaupt irgend etwas neu eingefügt werden, ohne die Einheitlichkeit zu stören? Immerhin: Anders als die Gedichtbände Rilkes oder Celans, wo jeder einzelne Band in sich abgeschlossen eine Entwicklungsstufe markiert, ist Ilse Aichingers Sammlung über Jahrzehnte hin gewachsen – eine Erweiterung würde also durchaus in der Logik dieser Jahresringe liegen.

Ilse Aichinger hat die neuen Gedichte in ihre damalige Anordnung eingegliedert: *Lose Sprossen* und *Erwiderung* stehen nun vor dem Gedicht *An einen jungen Gerber* (VR 1978: S. 90). Das 1978 versehentlich nicht aufgenommene Gedicht *St. Gilgen* und das neue Gedicht *Heu* sind nach dem Gedicht *Spaziergang* (VR 1978: S. 27) eingeordnet worden. Das neue Gedicht *Das Geburtshaus* steht nach dem Gedicht *Verlorenes Mänover* (VR 1978, S. 63); ihm wurde das Gedicht *Sommerfest* (VR 1978, S. 74) gegenübergestellt. An dessen frühere Stelle rückt jetzt das neue Gedicht *Fahndungsbild*. Bei den Gedichten auf den Seiten 35, 59 und 78 hat Ilse Aichinger den Zeilenfall gegenüber dem Erstdruck abgeändert.

Bibliographische Hinweise

Abkürzungen

VR 1978	*verschenkter Rat.* Gedichte, Frankfurt a. M.: S. Fischer, 1978
WW 1963	*Wo ich wohne.* Dialoge, Erzählungen, Gedichte, Frankfurt a. M.: S. Fischer 1963
D. E. G. 1971	*Dialoge, Erzählungen, Gedichte.* Ausgewählt und herausgegeben von Heinz F. Schafroth, Stuttgart 1971 (= Reclams UB 7939)
MS	Manuskript (Tinte, Bleistift, Kugelschreiber)
TS	Typoskript
ED	Erstdruck
EB	Erstveröffentlichung in Buchform
epd	Evangelischer Pressedienst (auf dessen Korrespondenz oft MS/TS)
E	Entstehungszeit
L	Liste Ilse Aichingers mit Chronologie der Gedichte

Gebirgsrand

ED	›Die Neue Rundschau‹, 70. Jg. (1959), H. 4, S. 635
EB	Österreichische Lyrik nach 1945, hrsg. von Erns Schönwiese, Frankfurt a. M. 1960, S. 39
	WW 1963, S. 129
	VR 1978, S. 7
E	L 1958

Winterantwort

ED	WW 1963, S. 125–126
EB	ebda.
	VR 1978, S. 8
E	MS datiert: 15. Januar 1960 (noch ohne Titel)

Sonntagvormittag

ED VR 1978, S. 9
EB ebda.
E TS auf epd 13. Juni 1955

Marianne

ED ›Die Neue Rundschau‹ 70. Jg. (1959), H. 4, S. 634
EB D. E. G. 1971, S. 91
VR 1978, S. 10
E TS auf epd 11. Juli 1955
L 1955

Außer Landes

ED WW 1963, S. 125
EB ebda.
VR 1978, S. 11
E MS datiert: 24. April 1960

Widmung

ED Neue Rundschau, 74. Jg. (1963), S. 250–251
EB WW 1963, S. 131
VR 1978, S. 10
E MS datiert: 21. September 1961 (epd 9. Mai 1960)

Mägdemangel

ED ›manuskripte‹ 4. Jg. (1964), (Februar/Mai 1964), S. 23
EB D. E. G. 1971, S. 95
VR 1978, S. 13
E MS datiert: 21. September 1961
TS 1–4: epd 9. Mai 1960
TS 5–9: epd 16. Mai 1960
Im ED Zeile 5/6: »Die mit den Löffeln aßen, / haben im Schuh ...«
Zeile 15: »... diese Tröster, aus ihren Bäumen ...«

Die trüben Stunden nutzend

ED ›Die Neue Rundschau‹, 70. Jg. (1959), H. 4, S. 632
EB WW 1963, S. 127
VR 1978, S. 14
E TS auf epd 11. Juli 1955
L 1958

Dorfweg

ED VR 1978, S. 15
EB ebda.
E MS epd 3. August 1959

Briefwechsel

ED ›Neue Rundschau‹, 74. Jg. (1963), S. 250
EB WW 1963, S. 130
VR 1978, S. 16
E MS epd 2. Februar 1959
TS (gegenüber MS unverändert): epd 9. Februar 1963
L 1959

Rauchenberg

ED VR 1978, S. 17
EB ebda.
E MS 1 datiert: 20. Mai 1959
MS 2 epd 20. April 1959
TS 1 datiert 4. Mai 1977
TS 2 datiert 16. März 1978
Gegenüber der Erstfassung 1959 heißt es 1978 in der ersten Strophe: »[...] die erneuerte Spur der Schatten [...]« statt: »[...] die vergessene Spur der Schatten [...]« (1959). Die zweite Strophe lautete 1959: »Wo der Wagen rastet [sic] / bei den aufgeschichteten Hölzern / neigen sich meine Lieben / über das Dach zu mir.«

Spät

ED VR 1978, S. 18
EB ebda
E MS epd 10. Februar 1958

Mein Vater

ED D. E. G. 1971, S. 95
EB ebda.
VR 1978, S. 19
E L 1959

Ende des Ungeschriebenen

ED WW 1963, S. 132
EB ebda.
VR 1978, S. 20
E MS datiert: 12. März 1959

Bei Linz

ED ›Die Neue Rundschau‹, 70. Jg. (1959), H. 4, S. 2
EB VR 1978, S. 21
E MS datiert: 3. März 1959

Teil der Frage

ED ›Akzente‹, 7. Jg. (1960), H. 2, S. 110
EB WW 1963, S. 127
VR 1978, S. 22
E L 1959
Gegenüber den Drucken in ›Akzente‹ und WW weicht die Fassung 1978 in den letzten Zeilen ab. 1960/1963: »Wie schwarz mein Land wird, / nein, kein Hauch, kein Schläfer mehr / zu seinen Gunsten, / nicht zu seiner Zeit«. 1978: »Wie schwarz mein Land wird, / nur tief unten krümmt sich / grün die Zeit.«

Winterfrüh

ED VR 1978, S. 23
EB ebda.
E 1959

Jüngste Nacht

ED ›Die Neue Rundschau‹, 70. Jg. (1959), S. 632
EB VR 1978, S. 24
E MS epd 9. März 1959
L 1959
Statt: »[...] was könnte ans Licht kommen [...]« steht 1978 »[...] was sollte ans Licht kommen [...]«

Versuch

ED Festschrift für Martin Heidegger, hrsg. von Günter Neske, Pfullingen 1959, S. 298
EB ebda.
VR 1978, S. 25
E L 1959

Baumzeichnen

ED ›Ulmer Monatsspiegel‹, 17. Jg. (Dezember 1965), H. 4, S. 6
EB VR 1978, S. 26
E Kalender 1965: »17. 6.: Gedicht Baumzeichnen an Inge [Aicher-Scholl]«

Spaziergang

ED ›Jahresring 61/62‹, Stuttgart 1961, S. 108
EB WW 1963, S. 129
E MS 1 datiert: 4. März 1959 (epd 2. März 1959)
MS 2 datiert: 24. Februar 1960 (epd 22. Februar 1960)
In MS 1 lautet die letzte Zeile: »[...] bis uns die goldenen Hühner im Schnee erscheinen« (1960, 1978: [...] Füchse [...])

St. Gilgen

ED ›Die Neue Rundschau‹, 70. Jg. (1959), H. 4, S. 634–635
EE D. E. G. 1971, S. 92
E MS auf epd vom 18. Juli 1955 bzw. (MS-Reinschrift) 7. März 1955
L 1955

Heu

ED ›Was mich tröstet. Literaturalmanach 1988‹, Salzburg 1988, S. 11
EB ebda.
E 1988

Kartenspiel

ED ›Die Neue Rundschau‹, 70. Jg. (1959), H. 4, S. 633
EB VR 1978, S. 28
E MS epd 23. März 1959

Bobingers Klage

ED VR 1978, S. 29
EB ebda.
E MS datiert: 16. Oktober 1959
TS datiert: 16. Februar 1978
1959 lautete die letzte Zeile: »[...] wer lehrt mich die Sonnenuhr?«

Attersee

ED D. E. G. 1971, S. 93
EB ebda.
VR 1978, S. 30
E MS epd 5. April 1958
L 1958

Breitbrunn

ED ›Die Neue Rundschau‹, 70. Jg. (1959), H. 4, S. 634
EB VR 1978, S. 31
E MS epd 4. Juli 1955
L 1955

Winteranfang

ED ›Akzente‹, 7. Jg. (1960), S. 111
EB WW 1963, S. 130
VR 1978, S. 32
E L 1960

Selbstgebaut

ED D. E. G. 1971, S. 96
EB ebda.
VR 1978, S. 33
E TS datiert: 10. Juli 1961
MS mit dem Titel »Schwermut«

Anweisung

ED WW 1963, S. 132
EB ebda.
VR 1978, S. 34
E TS datiert: 13. Februar 1963

Auf Sicht

ED ›Neue Rundschau‹, 74. Jg. (1963), S. 250–251
EB 1963, S. 131
VR 1978, S. 35
E MS epd 21. September 1959
L 1962

Mir

ED D. E. G. 1971, S. 93 (unter dem Titel »Ihr da«)
EB ebda.
VR 1978, S. 36
E L 1959

Zwei Orte, zusammengelegt

ED D. E. G. 1971, S. 94
EB ebda.
VR 1978, S. 37
E MS epd 5. April 1958
L 1959

Winterrichtung

ED D. E. G. 1971, S. 96
EB ebda.
VR 1978, S. 38
E MS datiert: 16. Dezember 1960
Statt »[...] die Gelübde der Kinder« (1960) steht 1971: »[...] die Gelübde der Alten«

Winter, gemalt

ED ›Akzente‹, 7. Jg. (1960), S. 113
EB ›Das zeitlose Wort Eine Anthologie Österreichischer Lyrik‹, hrsg von Josef Strelka, Graz/Wien 1964, S. 198
VR 1978, S. 39
E MS epd 23. November 1959
L 1960

Leichte Wahl

ED VR 1978, S. 40
EB ebda.
E MS datiert: 7. März 1960

Unsere Frau

ED VR 1978, S. 41
EB ebda.
E MS epd 4. Juli 1955
TS epd 11. Juli 1955

Ortsanfang

ED VR 1978, S. 42
EB ebda.
E MS epd 10. August 1959 (ohne Titel)
TS epd 1. September 1959
L 1959

Ortsende

ED VR 1978, S. 43
EB ebda.
E MS datiert: 12. September 1977

Florestan

ED WW 1963, S. 126
EB ebda.
VR 1978, S. 44
E MS datiert: Januar 1961

Königsreim

ED WW 1963, S. 128
EB ebda.
VR 1978, S. 45
E L 1959

Lesen

ED VR 1978, S. 46
EB ebda.
E MS epd 1. Juli 1957
TS datiert: 16. Februar 1978
1978 heißt es in Zeile 2: »[...] fällt ein durch quadratische Fenster ...« gegenüber »[...] quadratische Gläser ...« im MS

Falternarne

ED VR 1978, S. 47
EB ebda.
E ?

Hochzeitszug

ED VR 1978, S. 48
EB ebda.
E MS datiert: 5. März 1960 (epd 1959)
Das MS trägt den Titel »Hochzeitstag«

Dreizehn Jahre

ED Luchterhands Loseblatt Lyrik 1970
EB D. E. G. 1971, S. 92
VR 1978, S. 49
E MS epd 4. April 1955
TS epd 18. Juli 1955
L 1955

Gonzagagasse

ED ›Städte 1945‹, hrsg. von Ingeborg Drewitz, Düsseldorf 1970, S. 176
EB D. E. G. 1971, S. 91
VR 1978, S. 50
E L 1955

Ohne Jahre

ED ›Konfigurationen. Jahrbuch für Literatur und Kunst‹, Wien 1970, S. 7–8.
EB VR 1978, S. 51
E MS und TS epd 25. September 1965

Befehl des Baumeister beim Bau der Prinz-Eugen-Straße

ED ›Akzente‹, 3. Jg. (1956), H. 4, S. 315
EB ›Österreichische Lyrik nach 1945‹, hrsg. von Ernst Schönwiese, Frankfurt a. M. 1960, S. 39
›Transit: Lyrikbuch der Jahrhundertmitte‹, hrsg. von Walter Höllerer, Frankfurt a. M. 1965, S. 140
VR 1978, S. 52
E L 1956
Das undatierte TS und der ED tragen in der letzten Zeile noch den Zusatz: »Gegeben am ...«

Triest

ED D. E. G. 1971, S. 97
EB ebda.
VR 1978, S. 53
E TS epd 20. Januar 1962
L 1962

Wunsch

ED VR 1978, S. 54
EB ebda.
E MS I undatiert: »Von den vergangenen Aufenthalten [...]«
MS II datiert: 18. Mai 1959

Meiner Großmutter

ED VR 1978, S. 55
EB ebda.
E TS I datiert: 7. Februar 1978
TS II datiert: 9. Februar 1978 (textidentisch mit TS I)

Mittlerer Wahrspruch

ED VR 1978, S. 56
EB ebda.
E MS auf Briefumschlag: 13. Juli 1976 (Poststempel)

Durch und durch

ED VR 1978, S. 57
EB ebda.
E L 1976

Zeitrechnen

ED VR 1978, S. 58
EB ebda.
E MS datiert: 29. Januar 1978

Abgezählt

ED VR 1978, S. 59
EB ebda.
E 1977 (Ilse Aichinger)

Nachruf

ED VR 1978, S. 60
EB ebda.
E MS datiert: 26. Juni 1977

Zuspruch an einen Mann, der dreiundzwanzig Jahre im Bett blieb und dann aufstand

ED VR 1978, S. 61
EB ebda.
E Notiz am linken Rand des MS: »Versuch April 77«

Seitlicher Durchblick

ED VR 1978, S. 62
EB ebda.
E MS datiert: 22. September 1977

Verlorenes Manöver

ED VR 1978, S. 63
EB ebda.
E MS datiert: 15. Januar 1978

Das Geburtshaus

ED unveröffentlicht
EB unveröffentlicht
E Herbst 1989

Sommerfest

ED VR 1978, S. 74
EB ebda.
E MS datiert: 29. Juli 1977

März
ED WW 1963, S. 129
EB ebda.
VR 1978, S. 64
E L 1961

Märzwunsch an den Garten
ED VR 1978, S. 65
EB ebda.
E TS datiert: 4. März 1977 [auf epd 1958!]
MS datiert: 1. April 1977

Danach
ED VR 1978, S. 66
EB ebda.
E MS datiert: 28. Oktober 1978

Chinesischer Abschied
ED VR 1978, S. 67
EB ebda.
E TS datiert: 2. Februar 1978

Alter Blick
ED D. E. G. 1971, S. 93
EB ebda.
VR 1978, S. 68
E TS auf epd 21. September 1959
L 1959

Restlos
ED VR 1978, S. 69
EB ebda.
E MS datiert: 12. März 1973

Ausgedacht
ED VR 1978, S. 70
EB ebda.
E TS datiert: 11. November 1977

Dem Ende zugedacht

ED VR 1978, S. 71
EB ebda.
E MS datiert: 30. Dezember 1977 [Titel: »Wieder Bayonne«]
TS datiert: 8. Februar 1977 (= MS)

Schneeleute

ED VR 1978, S. 72
EB ebda.
E MS datiert: 17. Februar 1978

In welchen Namen

ED VR 1978, S. 73
EB ebda.
E MS datiert: 15. Februar 1978

Fahndungsbild

ED ›SALZ. Salzburger Literaturzeitschrift‹, 5. Jg. (Dezember 1979), S. 1
EB unveröffentlicht
E TS datiert: 13. Juli 1979

Kleine Summe

ED VR 1978, S. 75
EB ebda.
E MS datiert: 2. Februar 1978

Ohne Bündel

ED VR 1978, S. 76
EB ebda.
E MS datiert: 28. Dezember 1977

Neuer Bund

ED VR 1978, S. 77
EB ebda.
E MS datiert: 11. Juni 1977

Einunddreißig

ED VR 1978, S. 78
EB ebda.
E 1976/1977 (Ilse Aichinger)

In und Grimm

ED VR 1978, S. 79
EB ebda.
E MS datiert: 24. Juli 1977
TS (= VR 1978) datiert: 25. Juli 1977
Im MS variieren die letzten Verse: »[...] wo warst du / als meine wilden Katzen ertranken / die Gute und die Böse?« (Ende)

Übermorgen

ED D. E. G. 1971, S. 97
EB ebda.
VR 1978, S. 80
E L 1961

Tagsüber

ED VR 1978, S. 81
EB ebda.
E 1977 (Ilse Aichinger)

Zeitlicher Rat

ED VR 1978, S. 82
EB ebda.
E MS datiert: 7. Juni 1977
TS (= MS) datiert: 11. Juni 1977

Möglichkeiten

ED VR 1978, S. 83
EB ebda.
E 1977/1978 (Ilse Aichinger)

Findelkind

ED VR 1978, S. 84
EB ebda.
E TS datiert: 8. Februar 1978

Zugehörig

ED VR 1978, S. 85
EB ebda.
E MS datiert: 26. August 1973

Verfrüht

ED VR 1978, S. 86
EB ebda.
E MS datiert: 5. Dezember 1977
TS datiert: 8. Februar 1978
In der fünften Zeile steht im MS: »[...] und auch den Fetzen Trauer nicht [...]«
Im TS: »[...] und nicht einmal den Fetzen Trauer [...]«.
In VR: »[...] und nicht einmal den Fetzen Schwermut [...]«

Kurzes Schlaflied

ED VR 1978, S. 87
EB ebda.
E MS (»F[ür] G[ünter Eich]«) datiert: 1. Mai 1973

Bitte

ED VR 1978, S. 88
EB ebda.
E MS datiert: Juni 1977

An einen 4. März

ED VR 1978, S. 89
EB ebda.
E TS datiert: 6. März 1977

Lose Sprossen

ED ›Frankfurter Allgemeine Zeitung‹, 9. 9. 1985
EB Die größere Hoffnung / Meine Sprache und ich / verschenkter Rat. Frankfurt a. M. 1986, S. 559
E MS datiert: Januar 1985

Erwiderung

ED Erstveröffentlichung
E 1990

An einen jungen Gerber

ED VR 1978, S. 90
EB ebda.
E MS auf Brief mit Datum 26. Januar 1977

Verschenkter Rat

ED ›Die Zeit‹, 23. September 1977, 32. Jg., Nr. 40, S. 44
EB VR 1978, S. 91–93
E MS I datiert: 12. Juli 1977 (»Aufträge«)
MS II datiert: 19. Februar 1977
MS III datiert: 19. Februar 1977

In einem

ED ›Austriaca. Beiträge zur österreichischen Literatur‹ Festschrift für Heinz Politzer zum 65. Geburtstag, Tübingen 1975, S. 482 (ohne Titel)
EB VR 1978, S. 94
E 1975

Ilse Aichinger
Werke

Herausgegeben von
Richard Reichensperger

Acht Bände in Kassette
Die Kassette wird nur
geschlossen abgegeben
Als Einzelbände lieferbar

Die größere Hoffnung
Roman. Band 11041

»Wer ist fremder, ihr oder ich? Der haßt, ist fremder als der gehaßt wird, und die Fremdesten sind, die sich am meisten zuhause fühlen.«

Der Gefesselte
Erzählungen 1
1948–1952
Band 11042

Am Beginn der Wiederaufbau-Ära sprechen Ilse Aichingers frühe Erzählungen von Erstarrung und Verdrängung, »erlösungssüchtig und untröstlich, kritisch und gelassen.« *Joachim Kaiser*

Eliza Eliza
Erzählungen 2
1958–1968
Band 11043

»Tatsache ist, daß Ilse Aichinger mit den herkömmlichen Praktiken des Schreibens endgültig gebrochen hat. Sie verläßt sich nicht mehr auf Visionen, sie besteht auf reiner bodenloser Anarchie.«
Heinz Piontek

Schlechte Wörter
Band 11044

»Eine Prosa der Zweifel, der Fragen, der Suche. Diese Prosa hebt alles aus den Angeln, was sie anspricht und meint.«
Jürgen Becker

fi 2013/1a

Kleist, Moos, Fasane
Prosa. Band 11045

In Erinnerungen an die Zeit des Nationalsozialismus, in Aufzeichnungen und Reden vollzieht sich eine poetische Rebellion gegen die Gewalt der Geschichte.
»Wenn es zur Zeit der Sintflut geschneit und nicht geregnet hätte, hätte Noah seine selbstsüchtige Arche nichts geholfen.«

Auckland
Hörspiele. Band 11046

Dieser Band versammelt erstmals sämtliche Hörspiele Ilse Aichingers, vom sozialkritischen Stück »Knöpfe« (1953) bis zum Sprachgewebe »Gare maritime« (1976), das die Autorin mit Jutta Lampe und Otto Sander inszenierte.

Zu keiner Stunde
Szenen und Dialoge
Band 11047

Dialoge und Szenen, die in mikroskopisch präziser Dialogtechnik Orte und Charaktere lebendig machen, »ein zierliches Meisterwerk, das Fülle und Geheimnis des Lebens enthält.«
Günter Blöcker

Verschenkter Rat
Gedichte. Band 11048

»Gedichte, in denen Kritik an dieser Welt geübt wird, die darum, weil sie nicht tagespolitisch ist, um nichts weniger radikal ist.«
Erich Fried

Fischer Taschenbuch Verlag

fi 2013/1b

»Ich möchte, daß auch für mich, den autor dieser verse, manches geheimnis geheimnis bleibt. Es gibt schleier, die wir nicht ungestraft berühren.«

Jan Skácel

Jan Skácel · wundklee

gedichte

Ins deutsche übertragen und mit einem nachwort versehen von Reiner Kunze

Band 10129

Die Gedichte des tschechischen Lyrikers Jan Skácel sind formenreich und voller Bilder. Seine Lyrik geht vom Einfachsten aus und hat doch die letzten Dinge zum Thema: die fließende Zeit, die Angst, den Tod und das Wissen um eine immer bedrohlicher werdende Sprachlosigkeit.

Wie Trakl und Huchel läßt er die Natur immer wieder für die Wünsche und Ängste des Menschen einstehen. Das macht diese oft nüchternen und immer genauen Gedichte so leicht und zugleich so geheimnisvoll. Peter Handke sagte anläßlich der Verleihung des Petrarca-Preises 1989 an Jan Skácel: »Ich habe nicht alle der in etwa vier Jahrzehnten entstandenen Gedichte Skácels lesen können, und alle die, die ich las, nahm ich, bis auf eines, nicht im originalen Tschechischen auf, sondern in der, scheint mir, märchenhaft glücklichen deutschen Übersetzung Reiner Kunzes: Doch haben die hundert und mehr mich beseelenden und mich ihren Gegenständen einverleibenden Skácel-Poeme (ja, nicht der *Leser* hat *sie* sich einverleibt, sondern umgekehrt) genügt, der Poetik des großen tschechischen Dichters innezuwerden.«

Fischer Taschenbuch Verlag

fi 1818 / 1